U0149148

太陽的微笑

陳 泛 宏 著

文 史 哲 詩 叢
文史哲出版社印行

國家圖書館出版品預行編目資料

太陽的微笑 / 陳泛宏著. -- 初版 -- 臺北市：
文史哲, 民 106.02
頁； 公分（文史哲詩叢；128）
ISBN 978-986-314-351-2（平裝）

851.486　　106001996

文史哲詩叢 128

太陽的微笑

著　者：陳　泛　宏
出版者：文　史　哲　出　版　社
http:// www.lapen.com.tw
e-mail：lapen@ms74.hinet.net
登記證字號：行政院新聞局版臺業字五三三七號
發行人：彭　正　雄
發行所：文　史　哲　出　版　社
印刷者：文　史　哲　出　版　社
臺北市羅斯福路一段七十二巷四號
郵政劃撥帳號：一六一八〇一七五
電話886-2-23511028．傳真886-2-23965656

定價新臺幣二六〇元

2017年（民一〇六）二月初版

ISBN 978-986-314-351-2　　09128

自序

時間像螞蟻纖細的腳，輕巧交替的跫影，在匆忙中我被遠離——

我了解我是忙碌的，尤其在競爭的工商社會，對國內外的商場，我們總是站在消費者的立場，去滿足他們淨美亮麗的需求；在化粧品創新與行銷上迅速推進旋風需求的舞台。

每當在前半段的子夜是我最快樂的時間，我會靜下來，提筆寫下自己喜歡的詩，舒緩我白天的忙碌。

偶而提筆時，也常想起詩人王祿松老師的提示「是詩人則在任何情境下，都會有詩想。……」也會懷念九十八年認識的一位熱心、待人誠懇的詩人台客先生，雖然見沒幾次面，至今仍然在我心目中，佔有重要位置的詩家。

在此特別感謝莊家增先生為我詩集提供旅遊中拍攝的精美照片，使得這本詩集更加生動精彩。同時感謝文史哲出版社彭正雄老闆的熱心幫忙，在此一併致上十二萬分的謝意。

太陽的微笑 目錄

喜悅……九五

不寂寞……

太陽的微笑 10

春的翅膀

輕輕地輕輕
以貓的腳步附在晨霧上

撫摸著含苞的花蕾
每一滴溶入的晨露

春　晨

是誰點亮春陽的火球
把寒冬逼退到象山一隅
那第一隻展開雙翼的彩蝶
拍響小徑彳亍的腳步聲

二〇一六・二・十・於台北中強公園

春遊

花蓮北濱海灘

海浪閃著春的窕窈
輕唱海韻女郎情歌
陽光撥開雲紗滑下
滑下四處無人吻了她
泛起嫣紅那浪花
躲在沙灘聆聽的貝殼
合不攏的唇細聽海浪音韻

春禮在沙灘揭幕
貝殼是最原始的情人海誓聖筊

15 春　遊

愛的專屬如浪花
親吻沙灘不跳板不跳板

感動加分陶醉綿綿
離開才知道我將回來
被吻了滿懷的浪花
澆出一身渴戀

註：本篇榮獲四分溪新詩徵文比賽首獎

春的翅膀

輕輕地輕輕
以貓的腳步附在晨霧上
撫摸著含苞的花蕾
每一滴溶入的晨露
綻開了跳動的鮮嫩的花朵
舒展春的翅膀
點亮滿遍翠綠春色
迎來蜜蜂蝴蝶青鳥翻飛的翅膀

在象山步道上

每一隻象的笑容的唇形
都不一樣　那滿山廣闊的綠海
狂戀松濤翻飛的詩
讓陶醉在山腳下的象群
擺頭扇耳是詩的朗誦嗎

陽光親吻著枝葉
卻有不同的姿勢
把唇形印在步道上
讓你揣測愛有多深

迎著山嵐往上

太陽的微笑 18

一股暖流從背後推著往上
再往上　汗水滴在步道上
這步道啊隱藏著多少甜蜜
多少呵護　滲進了多關懷的聲浪

思慕

給YH

每一次想念妳的心波
是一束愛的雲朵
那密集輸入的訊息
是醉人心弦的酒渦

從一〇一子夜熄燈中蘇醒
那窗檯前繚人的星空
滾動的雲河
編織著纏綿的愛情故事

春天請快來

伸手探進海裡
捉一把浪花
溶濕妳衣襟

序幕輕輕拉開
向日葵朝看東方
牽牛花輕跨過牆角
輕巧的貓拱起腰
悠然瞧見翠綠唇葉沾滿春露

春的笑容
請看看簡訊
等待的希冀破表

偶拾

子夜聆聽蛙鳴如快樂水聲
當嘀嗒鐘擺敲醒了晨陽

把思潮附在海鷗的翅膀
在浩瀚的海洋上
看到海浪生花的燦爛

瞬間
捉住了閃爍
輕快地揮繪在詩的天空互放

愛情

說愛情
遠不如妳粉頸套掛的貝殼
這般的絢爛好看

妳說
時光把肌膚吹皺了
頸部的皺紋也深了

但是妳時常撫摸
也把幸福潛進
隨時呈現愛情與他分享
這份甜蜜
是當時在沙灘上海誓的貝殼

新春偶拾

（一）
每一朵綻放的櫻花
牽動了春的羽翼
那和風輕輕
回頭看見匆匆迎春步履

（二）
圓仔眼眸最吸睛
嚼竹葉翻滾趴樹　滿腦費疑不解
每天這麼多人來給我看
為什麼偏說你們來看我呢

（三）

窗台吹進一股清新
塞進一條金色彩帶
俯瞰庭前櫻花唇啓蕊露
輕唱春之晨歌

（四）
前庭右側中強大公園
捷運通車綠陰謐靜轉變
人潮喧嘩宛如果菜賣場
把鳥聲全都捉進行囊揹袋

（五）
後窗右側象山道旁
原本一群小歇碎石塑象被鋁籬圍困
掛出一層一户豪宅藍圖
那夜晚回眸與星星詩語何時再現呀

風　景

六月的陽光
刺眼

一〇一商圈翻滾著熱浪
僅胸罩泳褲附身的少女
眨啊眨的眼睫
滾動的眼眸是浪花

還有那擺動的圓臀
是夏天的風景

香甜巧克力

時間像螞蟻
纖細的腳
輕巧交替的跫影
在匆忙中我被遠離

貝殼

詩人高克多說：
他的耳朵是貝殼
充滿了海的音響

詩人覃子豪說：
貝殼是我的耳朵
我有無數耳朵
在聽海的祕密

我感覺貝殼是
海灘上情人海誓的聖筊

當貝殼拋擲空中
每一朵浪花是一朵愛
而擁抱鹿撞的心跳
是海浪狂吻沙灘的瘋狂
一次又一次的豪放
是誓死不愉的渴望

夜晚快步跑道上

左腳前進換右腳
從外圍跑道環繞到第一跑道
快樂了妳也快樂了我

我看見月亮圓圓的臉
我看見月亮彎彎的臉

檸檬白的夜空
起霧灰濛的夜空
都要記得　記得健康的活

太陽的微笑 32

妳遞給我一杯水
我遞給妳一條毛巾
之後慢步牽手
怎麼不是愛呢

曾經閉上眼睛
想揮落一切塵埃
以淡然的態度去衡量未來死亡的路
仍然聽見
落葉瀟灑後聚於廢墟窸窣的聲息

第一跑道是終點
有著黝黑暈染灰灰的暗淡
倘若從終點轉換為出發點
第七跑道延伸的是綠草如茵的廣場

33 夜晚快步跑道上

視野點燃心靈無限舒暢

不必用太多邏輯去推理
不必用你我她一大堆詩語
抓一把子夜綠草上的露珠
讓清晨陽光來收購

香甜巧克力

時間像螞蟻纖細的腳
輕巧交替的踫影
在匆忙中我被遠離

乳化機的計時錶顯示完成的晚霜
這時才發現已經是夜闌

嘴裡遞進一顆妳分享的巧克力
香甜　香甜

瞬間腦海浮現浩瀚星辰
朦朧視覺裡眼眶搖晃晶瑩
這碩果是來自香甜巧克力的動力

相　思

在邂逅的涼亭
等你
在涼亭外的小徑
想妳
晚風吹亂妳的
髮絲
髮絲拂皺了你的
心湖

等待

眨呀眨的藍鳥路燈
等待情侶來秀場

小徑無聲
期盼彳亍步履來輕吻

露珠溢滿草尖
希冀那熱情的風來香吻

涼亭寂靜
等待浪人來敲門

每年一次的珍貴約會

致香港財弟

時光匆匆走過
在廣大的宇宙中
我們宛如稍縱即逝的過客

倘若把瓶子看成人生的縮影
高爾夫球代表重要的事
石頭代表房子車子工作
沙子代表瑣碎的事
而依然照順序放進瓶子裡
再加上二瓶啤酒
這是一件圓滿快樂人生

太陽的微笑 38

無論人生有多麼的忙碌
總是要擠出時間
來跟朋友喝一杯
我們品嚐這快樂的豐收
更應該讓年輕的朋友來領悟

如果每天忙碌在沙子的瑣碎
期盼擁有石頭的慾望
把高爾夫球擱在最後處理
時光匆匆走過
我們的人生只有一次
那舉杯獨飲的啤酒
是苦澀略含酸辣

註：點化的思維　Meir Kayl

醉的日子

風鈴響不停
腳步聲緊急穿越門縫
喲！你來的正是時侯

圓桌上火鍋的菜色
美得冒泡
一年一度的約會
酒杯不必停
人生能有幾回醉
不談她
不想她

不理她
想想今晚用什麼姿勢泥醉在酒杯裡

忽然火鍋起霧
糢糊舉杯角度
不談她
不想她
不理她
揮落燈下俏影
學學默劇大師優雅手勢
祝你健康我快樂

雲

是那朵雲
如此的純真
是不會說謊的
小小孩

是那小貝比
躺在媽媽的懷裡
閃著哈笑的
那朵唇形

是那寶寶
手上
被風吹走的
那朵棉花糖

朦朧

給 Jen

妳甜蜜的顏容
已逐漸在我的腦海模糊
唯有淺笑泛起的酒窩
不時伴我醇香

隔了半世紀的閃躲
再也經不起陣風吹拂
這朦朦朧朧年華
彷彿青鳥掠過的投影

這幾天

春假
決定了一些清閒
書房燈盞突然亮起
唯有這裡
恢復了往日的嗅覺

今夜好寧靜
像一杯白開水
嘀答鐘擺
咀嚼時光
吐出一隻隻流螢

太陽的微笑 44

這幾天好安逸
宛如庭園舒展的蝶蘭

薄甕

致空姐王昇

是那個商務
由泰國返回台北
在那個飛機上
妳那個端莊標誌的空姐
微笑親切遞給我落地卡
就在妳問我需要
酒還是果汁的剎那
妳問我：你住在台北市？
我點頭
我正好奇她的問題

太陽的微笑 46

妳且又說：我有個燉甕能幫個忙嗎？
又過一會兒她提著小箱
在我面前打開
我知道她是要讓我
看到那個裡面沒放任何
其他不該放的東西

我點了頭
就在那個時候　她遞給我
台北市莊敬路的地址

幾天後想抽空
提著這個空中機緣的甕
想送到她那個指定的家
在那個提攜的瞬間
聽到了那個碎片的聲音

47 薄　甕

趕忙啓開
怎麼破了　看到超薄的
瓷燉甕破了
我被楞著了好久
就是那個這樣的原因
這件薄瓷甕的事
讓我時常浮現
又因忙碌而隱去

那個假期
又想起這麼一件事
已經幾年後的日子
親自到她的家按門鈴
結果回說　她不住這裡
早已搬家了

我腳步很沉心很重
好像我沒有完成一件
託付的事
我想著她
一定會誤解我是貪婪的人

這種種的種種
心總是罣礙這件不是喜悅的事
我以錢用王屏的姓名
捐給慈濟做善款
就這樣　我感覺舒服
又安然自在

事隔四十多年了
我仍然偶而想起這件事
我希望讓妳了解

49 薄　甕

我的為人
妳託付的不是
那個屬於貪心的人

找不到妳　我現在的心境
是想跟妳說抱歉
我想再一次用
妳的姓名
再捐出善款
做一次抱歉的心聲
誠懇向妳說聲對不起

並祝妳身體健康
永遠幸福快樂

太陽的微笑

您的兩隻眼睛閃著微笑

您的鼻子雙翼輕輕凸出了微笑

您的一張嘴唇往上輕啓著微笑

您的顴骨紋路往上提著微笑

目標

春假
決定了一些清閒
書房燈盞突然亮起
唯有這裡
恢復了往日的嗅覺

今夜好寧靜
像一杯白開水
嘀答鐘擺
咀嚼時光
吐出一隻隻流螢

是那拓展的行銷策略

前言：bye 撫皺液瞬間挽回青春亮麗

願景：女性喜悅凍齡自信熱愛生活圈

產品差異化：取適量輕撫按摩二分鐘逐漸明顯撫平臉部皺紋

市場分析：

(一)女性三十歲以上服務對象

(二)百分之八十八以上喜歡比自己年齡年輕五至十歲

(三)研發部精研不同等產品推出效果受歡迎競爭策略：

(一)發表會直接深入美容師沙龍

(二)工廠是 G.M.P.廠，徵美容公司代工化粧品

昂首

致大雄玉苓

右側美女燦容
左側俊男帥氣
貼切撫平我滿臉橫紋
翠林伸出了綠舌
聲聲喊讚

光陰似乎放慢腳步
陽光溜進縫隙
嵌進浮現於背景
彩光四射

我們向淙淙清流

環繞校園的四分溪吶喊
充實現在創意求新
向 M.E.Porter 致敬
向一個理想融合

庭前月色

我的思維已為妳傾斜
夜空池塘間的張力是蛙鳴的演出
旋盪的羽音中所有
蚊蚋的飛舞是生命延續的元素

月光總是在謐靜中瀟灑
曇花綻放的剎那
陶醉憩息是奢侈浪費

蝸牛努力的攀爬探測
仰望無盡的天體也想吐露感懷
請不要遺忘黎明前
回歸藤下歇息

晨光

昨夜公園傳來陣陣喧嘩
他們應該記得喝酒不開車吧
不要理會醉臥在涼亭的泥人
請問是誰第一個喚醒晨光

太陽的微笑

致莊家增 R

您的兩隻眼睛閃著微笑
您的鼻子雙翼輕輕凸出了微笑
您的一張嘴唇往上輕啓著微笑
您的顴骨紋路往上提著微笑

在那山頂一道光芒擦亮大地
在那大地草原點亮露珠的閃爍
在那林間喚醒群鳥悅耳歌唱
在那海洋灌醉海浪頻頻狂戀的海韻

太陽的微笑 60

您那活躍的區域有著閃動的眼睛
您的嘴巴是大氣中的等離子體
您開放的磁場(日冕洞)有著頭髮的斑點
您的變化原因是否對地球有著變化的影響

這椿史無前例的天體發現
那個太陽微笑的顏容
您給我這個驚喜的訊息
我為你歌頌那個永恆的喜悅

握　手

是那機緣
趁我們聚會的時候
使那個暫短的握手
成為溫心思懷的浪潮

是那個 LINE
初春那要冷不冷的夜晚
讓關懷與祝福
變成了我們的話題

是那個夜晚
我們踱蹀過多少藍鳥路燈

在荷花池塘的拱橋上
投進了詩泛出了漣漪

是那個之後
發現妳的唇形
有著豐厚的熱情
緊緊握著妳的雙手
不必用貝殼做海誓的聖筊

畫

天空灰灰鬱鬱
揮動的筆——
緩慢逐漸
滑下——
眼角一股熱流
忍了忍滴了下來

擰開燈盞——
妳塗上雪白
加了橙與紅
陽光揮開雲囊
看到妳啓唇露齒
酒窩躲躲閃閃

雲囊

讀《雨呀；請下到非洲來》有感

（一）

我願化成千萬朵雲囊
裝滿雨水
急速飄向非洲的天空
對準那龜裂的大地
灑下晶瑩的雨水
填滿他們擺出的鍋碗瓢盆（註一）
拭亮千萬凹陷模糊的眼眸
讓乾燥的臟腑獲得滋潤
讓枯枝喬木萌芽翠綠
讓綠草如茵盎然宜人

65 雲　囊

讓河水淙淙、清流繚繞田野

我們不忍心再看到牧民頹喪的身影
身邊站著
四肢乏力、眼神呆滯的牛群
乾乾粗粗皺皺的皮
包裹著碩大搖晃的骨架
攝氏四十五度以上氣溫在沸騰
火熱烈日下蒸烤燻暈

雨水呀！雨水是大地萬物的甘霖
是千千萬萬乾裂需求的唇
齊聲呼喚的希冀

我願意化成千萬朵雲囊
裝滿雨水
急速飄向非洲的天空

對準那龜裂的大地
灑下晶瑩的甘露

（二）

我願化成千萬朵雲囊
裝滿「銀介拉」薄餅（註二）
急速飄向非洲的天空
拋給那眼神中綻放飢餓而無奈的眼神（註三）
躺在地上形銷骨立的孩子
懷裡奄奄一息的嬰兒
哇哇大哭的女孩
母親踽行步履
四顧搜尋殘餚食物
乞望能填滿飢餓孩子的需求
我淚水盈滿、含眶欲滴
我淚流不止、怎麼擦都擦不止（註四）

生長在幸滿美麗的台灣
四季水源豐沛糧食民生用品富裕
不可思議的
眼前躺著呻吟的喊著
給我；銀介拉
小孩失去天真的笑容
飢餓的伸手喊著：銀介拉

我願化成千萬朵雲囊
裝滿「銀介拉」薄餅
急速飄向非洲的天空
拋給那受飢痛苦的人們

(三)
我願化成千萬朵雲囊
裝滿藥品與衣物
急速飄向非洲的天空

迅速的投下在醫療隊的身邊
他們都來自於美國、澳大利亞的國家
這裡的孩子是長期的營養不良
脹鼓鼓的肚子 鬆皺的皮膚
包裹著枯瘦的手臂和腿骨 宛如
乾枯的絲瓜懸掛在棚架上
只要稍微大的風拂來
隨時會有墜落的危險
藥品防止及治療病菌延蔓
營養品是補充体力的動源
衣物遮體暖和體溫
避免蒼蠅棲息傳染病毒

我願化成千萬朵雲囊
裝滿藥品與衣物
急速飄向非洲的天空
迅速的投下給你

69 雲　囊

獅子山、安哥拉與剛果
是非洲蘊藏鑽石最豐富的國家
只要把籃子裝滿沙子到水塘掏沙
鑽石粒會在搖晃中聚集中央
立即呈現閃爍耀眼讓人賞心入悅目

神原本是為了造福人類才賜下鑽石礦藏
當利益與權利的野心橫掃良知時
頻頻衝突挑起血腥的戰爭
是人民受難折磨與飢餓的開端
把鑽石換取坦克、槍砲
把大量強大殺傷力的地雷
殘酷的爆裂血腥內戰
在內戰旋渦中呻吟的非洲人
流下痛苦的血與淚

神呀！請賜給一位智、仁、勇兼備領導者吧！
讓非洲人和睦相處
快速的提升經濟、改善人民生活需求
推展交通建設、增進繁榮
讓非洲人免受因膚色而受不平等的歧視眼光

非洲的朋友們、請不要絕望
你們抬頭就會看到在天空之外的天空
有好多好多關心你們的朋友
虔誠的為你們祈福與協助的心

註一：印度少女蘇米持文章
註二：是高粱磨成粉後煎成、當地人主食
註三：奧地利探險家鮑曼文章
註四：雨呀！請下到非洲來、金惠子文章

轉　向

探出山頭的陽光
氣勢像戰勝英雄的光芒
一隻白頭禿鷹銳氣炯炯的
眼神盤旋過去
向遙遠曠野

雲層中狂飆的經濟列車
由中國轉向奔馳南海
在雲囊密佈的蒼穹
一團綠色巨球虛擬無限大希冀
跨上滾動的氣流飄颺

新南向挑出那個投資觀光
以及那個文化教育和那個打開
十八國交流以及那個科技產業
以亞洲矽谷和那個智慧機械
那個生醫綠能國防航太
的那個創業產業
但是呀勢必要有足夠的時間
和那個科技產業的領導人才
作為領航的舵手

二〇一六・十二・六上午
全國科學技術會議
張忠謀董事長會議中嗆批
沒有看到業界人士參與
與會的大多來自學研界

73 轉　向

這是相當可惜的現象

產業轉型政府伸手
事實上是業界在哀號
因為業界看到自己所做的事情
正在衰退
那個來自東方的競爭
也那個來自西方的競爭
那紅色供應鏈美國川普號召
製造業回歸美國本土
而我國政府僅要業界去轉型
我們業界要轉到甚麼方向去
卻沒有指引是那個業界要去
解決的問題嗎

而現在政府跟研究界

討論一些相當抽象的題目
張忠謀董事長說
是這個方向還是一樣的原則
看有甚麼領導人才
以及是不是可以說服出錢的人
那就是我們發展的方向

綠芽

甜睡一季的冬
被一聲春雷敲醒
一腳踢破芽苞
把頭伸了出來

臨海亂流

閃電照亮雲囊
響雷轟隆
昨天唏壢嘩啦哭了整夜
今晨北濱海面弧濁了半邊
海鳥放棄濁浪
轉進籃海秀場

是經緯零度起點藍圖浮現嗎
浪花拍岸呼喚又呼喚
是格林威治先生嗎
茫茫海面點點泛紅

擁盈潤眼那燦爛喜悅
宛若貝殼吐吶的唇形
深呼吸放輕鬆
放輕鬆擁抱浪花
沿著經緯弧線延伸
向三月飛魚季達悟族致敬
呼啦呼啦呼啦
不說過去不談未來
現在就是現在
呼啦呼啦呼啦

說醉不醉
影子附體才是醉
那麼
就在這裡小歇

晨冬太極

霧 似 蠶 絲
羅 網 公 園 榕 林

冬 陽 眼 皮 很 沉
醉 臥 昨 夜 狂 飲 高 粱

弓影

致洪儒瑤教授

秋很深　雲囊很近
溢出水　飄落很細
細如蠶絲
動脈斷　飄零滿階梯落葉
窸窣聲聲夾帶淒涼

一箭步　彎腰成弓形
拾級落葉旁的塑膠袋
且聽到您的呢喃
這地方不屬於你
應該歸於環保垃圾桶

而今
階梯下　公園裡
我都以您的弓影
學習　耕耘　環保

晨冬太極

霧似蠶絲
羅網公園榕林
冬陽眼皮很沉
醉臥昨夜狂飲高樑
五六耄耋推掌
太極架式欲揮落霧影

冬之晨

台北中强公園

霧霾流竄
樹佇立　葉稀疏
青草淋漓　鳥聲寂靜

今天的冬晨
酷冷略帶詭異
怎麼冷冷冰冰
見不到人影

含羞草

蝴蝶想邀妳翩舞
妳卻低頭不語

和風只好輕輕吹拂
讓妳陶醉忘了自己

嫁妝

風把雲彩推向北方
說是給妹妹當嫁妝

妹妹把墨潑在雲絮上
說是雨最喜歡這個顏色

大師也喜歡潑墨畫
有尋覓不盡的詩的蹤影

灰灰的隱隱的
混濁中留著一處幽靜

還有一些捕捉不定的灰翳
這款雲裳妳喜歡嗎？

雨天

問鳥快樂嗎
鳥不語

拍拍翅膀
抖落滿地雨珠
斜著頭　問你

秋愁

那嘩啦啦的落葉
都搭乘秋的列車
旅行去了

這秋風
為何帶不走我
滿懷秋愁

魚

游進格林維誌分界線
緊跟在老人與海的船尾

我呀
隨波逐流安逸而悠哉

魔術大師劉謙手中搖晃一束花
瞬間變出一隻隻和平鴿

我呀從來沒有上過舞台
是一條不曾得過掌聲的魚

寒冬

氣溫披著雪花衣飄過來
鬧鐘睡過頭了嗎

躺在棉被等著起床曲
右側玻璃窗
霧霧白白陽光也變淡

今晨放棄晨操
周休二日
適當的憩息
是享受更是起步

蝶舞

舞動雪浪
翻飛山巒李花

回首去年天災焚風
滿片廢墟焦景

人生宛如蝶舞
隨時珍惜隨時警惕

薔蜜—颱風的愛與恨

妳裸泳在海洋
觸動陽光貪婪的眼眸
以熱情強烈艷照
高溫輻射妳的背
想讓你改用仰式浮游窺探神秘

垂直的光度足可探測
妳在六十公尺深的海面逐波嬉泳
於是再釋放潛熱
轉換空氣熱情加溫溶化妳的思緒
以風向配合妳被燃燒的心房奔放風速

93 薔蜜——颱風的愛與恨

抽離低氣壓地區的氣幔
妳已陷入二七℃以上滾熱的愛的漩渦
眩惑似夢似幻呢呢喃喃
太陽忽然停止說：我該回家
薔蜜驚訝：為什麼
太陽不語乘著每秒十七點二公尺風車離去
薔蜜心怒泣喊：又一個愛情騙子

無限悲憤在天際堆起雲牆
瘋狂錯亂直擊大樹撕裂倒地
山壁水洩如瀑布
暴雨沖刷泥流滾滾
呼風喚雨中似喊著：
我愛妳我恨妳

註：薔蜜——強烈颱風名

喜悅

是從那個 LINE

傳來妳的喜悅訊息

是那個 iPhone7 在數萬人的抽獎

妳幸運的奪標

八斗子漁港

致 ALLEN LO

幻晃搖進維尼斯　船頭似
船尾　有你
也有我　粼粼紋浪
醉了你也醉了我

而那微翹彩船呢
裸身扭腰的舞者呢
倒影蕩漾在水中——
今晚回絕走出這仙境

銀夜空鑲滿亮鑽粒
偶而閃爍劃過
你說人生幾何當樂就樂
舉杯邀我感覺如何
同感雅興同樣享受
思維交流後
在不同圓點醉醉醉

在祝福聲浪中點亮燭光

揮一揮光陰已紛紛墜落天河
那滾動交會的蕩漾的水花
宛如又迎接飄來的雲彩
點亮了天穹的燦爛

遼亮輕柔地婉約生日之歌
繚繞展羽附著你們虔誠祝語
貼切的彷彿星空裡的親喏繪影

一個個熱情的擁抱
豐潤的唇印深深地貼烙在我的臉頰

我已渾然忘掉今夕是何年
眼紋溢出陣陣熱流
心中卻塞滿無限的感懷

一股熱浪在湧動
青春的聲浪在喊吶
啤酒僅是潤喉的助聲液
剪刀石頭布已勝過
劉謙的魔術

動感的舞步劃破新加坡舞廳的三貼舞
啤酒探海歡樂透天
熱情朝氣歡騰夯夯夯過去
是否可納入——人力資源管理的另一章？
請教她請教她我們美麗的葉博士

喜訊

致朱月雲教授

是從那個 LINE
傳來妳的喜悅訊息
是那個 i Phone7 在數萬人的抽獎
妳幸運的奪標

是那個妳
舉起雙手高喊 Lucky
我為妳高興也舉雙手大聲喊 Hooray
且又瞬間變換手式
豎起那個姆指喊讚

是這個訊息的幸運喜悅
由心田湧出的快樂漣漪
而這個喜訊遠比妳
現在擁有的億萬財富快樂

是這個現在的妳
幾經授業及精準投資累積
而那個幸運
經由從天而降的喜訊

是來自數萬人期盼的
眼神中幸運之神忽然
投入妳的懷抱
如那個彩球

快門

秋在楓樹
一夜呢喃繾綣成嫣紅
腳步輕輕
深怕踩醒醉戀擁姿

一陣風掀起葉裙
斜擺萬人頭
快門亮閃
網站掀起一陣騷動

快樂指數

腳步像貓
跟蹤在背後
猛然回頭
影子也回頭
月光閃過樹影瞧見光陰匆匆走過

這一生快樂像中樂透
鍵盤擋機的是憂鬱
儲存悲傷已抓不出
警示逐漸模糊
霧霧淡淡如煙縷消散

105 快樂指數

動一動小滑鼠
按一按畫面微笑是昨日
輸入今天開懷篇
這個稱心練了好幾年
學習風碰到牆壁
轉個方向仍然很紳士
隔空親一下圓月
星星眨眼笑不停

喝一碗地瓜湯
停一天奢侈消費
捐款到饑餓的非洲
那乾瘦飢餓無奈的眼神
正渴望著我們關心的糧食
大家一起來捐出一天的消費

你願意嗎
那快樂指數
如雲雀在天空飛高又飛高

快樂站（一）

孟老師來電
即刻站立恭聽
——
台中不遠今年
號召同學來會宴

老師您說明年九十五歲
聲音宏亮像五十九歲

同學啊
新春快樂好久不見
今年務必來個相見歡
不在東部不在北南

在台中
日期餐廳地點屆時
LINE 快樂站公佈

畫面突然浮現
耋耄人與小老人
該用怎樣姿勢
暢談聚歡——誰先說
結論
順其自然無所不談
快樂就好

註：二〇一六年二月十五日(農曆一月八日)

秋畫

塗滿天空淡藍之後
妳把白雲繪在右側
幾筆金黃點綴其間
我想起
那是秋的豐收季節

環繞的山坡
以翠綠的裙帶延伸
幾朵黃花點亮秋的艷姿
那跨過溪流的橋
聆聽橋下哼著秋的情歌

秋風吻妳
吻亮了妳的眼眸
也吻醒妳彩筆下婀娜多姿的
秋的故事

甜香

送走寒冬
回頭看見閃電
瞬間雷聲脆響

綠芽伸出了頭
陽光這麼溫暖
和風漫盪清爽

深吸一口
鼻舌品感這春息
納心略帶甜香

漂流木

昨夜瘋狂的演奏
把豆大的音符敲響滿山森林

今晨朦朧清醒我才發現
被歸宿於大海中的飄流木

曾經擁抱青山峻嶺的手
已伸不出為海鳥棲息的技葉

那嚎啕的海浪
是我呻吟的悲歌

燈塔

海上有顆星星
是船隻狂戀的對象

追逐的魚群
響往愛的溫存
遊向星星海誓

我的眼眸凝視
那愛果然甜密
——有時酸辣

貓空偶拾

致弘程文源

懸掛在下弦月的雲壺呀
茶香呢
這裡看不到泥醉的酩酊漢
僅有笑浪吹捲茶香
貓空是空著的嗎
兩片唇形把茶香霧滿空間
霧霧淡淡的茶棚

115 貓空偶拾

觸及了多少創意朵思

遠眺繁星閃爍伸手揣測

茶香卻比星空暖和

舊街黃昏時

一撮灰色的影子快速跑向對街
兩隻小老鼠在背後緊追
屋角幾隻雞躑躅的圍繞著糠飯
黃昏臨飢迴盪著物欲需求紊亂的縮影
整條街被騷動了起來

九月與沖沖的飄來
屋簷掛滿一串串紅椒白蒜
是風鈴嗎？還是亮示秋季的豐收
晚霞總是喜歡在天空彩繪
塗滿迷離雲裳

117 舊街黃昏時

喜歡講故事的白鬚阿伯
微笑的拿起煙斗瞇著眼
米酒加花生
今晚一定醉茫茫

別老是躲在我背後
蒸一身酒香來醉妳

快樂站（二）

同學會二〇一六年十二月十七日星期六
花蓮火車站出發

龍一般奔馳在原野
忽而來個疾馳右側旋轉
環繞海岸欣賞
朵朵浪花笑容
瞬間又潛入山脊咻咻逆耳

九點三十分已在台北車站
驚豔了月台魚貫的遊客

119 快樂站(二)

一陣歡呼久違見面的問候
改搭乘那個
龍地鐵向台中馳駛

在這個車廂　有的
看書　有的
滑手機後八分之一車廂
像立法院開會
是那個發言的聲浪
在交叉發言中分貝陣陣拉高
前段躺著閉目養神
中段的那個都豎起耳朶
後尾段的這些白髮蒼蒼大聲公
已經撕裂族群咽喉

龍把時光

往後摔　剎那間
已經到了台中
老師的兒子及同學已在車站接風
又向烏日奔馳

老師在餐廳門口揮手
同學會序幕拉開
今年同學會話題
都朝向養身快走飲食

舉杯祝賀
遠比畢卡索的三度空間
還誇張
就是那個沒人醉臥在
區區高粱醇度的揮發
泥不了那個七十多歲的老老人

和那個明年九十五歲的耄耋童人體膚
是那個揮手道別的瞬間
每個人眼睛都在放電
街燈被夜幕籠罩
霧霧淡淡只聽隔空傳來
有空常來台中看看老師
要顧好身體
每人一盒太陽餅帶回去給另一半分享
是老師孰悉的聲音

我們揮了揮手
老師師母家人以及摯友各位健康快樂
霧很濃略帶雨珠
在臉上熱熱地跳個不停

不寂寞

咱倆在中強公園運動
她開電動車我彳亍快步

夕陽被高樓擋住
公園步道蜿蜒依然
她陪著總是不寂

八月八日

隔空瞇眼
父親已在我眼前

慈祥微笑頻點頭
父親節快樂
帥爸謝謝您
雲朵飄著
那是父親那是
帥爸

瞬間雲彩上彎
像那麥當勞叔叔的
唇形

寒冬望月

獻給我的母親

月亮很近
悄悄貼在我窗前
想念您的心波
就像寒冬中旬的月色
說不盡的心坎話
彷彿遙遠閃閃發亮的星星
啊　月亮這麼近
相思且是那麼的遙遠

腳步聲

獻給我的父親

腳上的布鞋被蓋著晨雨的浮水印
被彳亍的步屢列印了出來

這滿地綠茵的唇片
都掛著一粒粒晶瑩水珠
晨風卻把水珠嵌進在版畫裡

老爸
我察覺您的腳步聲
就在我的身旁　而且
比往昔輕快了些

午後的天空

明亮的天空
忽而飄來幾朵灰灰的雲絮
那後窗斜對面的步道
煙嵐濛濛

一位撐傘的婦人走過
雨傘邊緣閃著一滴一滴的水珠
背後兩個小孩提著祭籃
低著頭也被雨水沾滿了臉

記二〇一六年重陽節於台北

129 不寂寞

不寂寞

獻給吾妻麗香

咱倆在中強公園運動
她開電動車我彳亍快步

夕陽被高樓擋住
公園步道蜿蜒依然
她陪著總是不寂寞

兩個人在運動
影子被拉長
走到那兒
那兒都不寂寞

在觀海亭

今年觀海亭變得好冷清
相約來相聚的都沒出現

海浪把海面縮影得好動畫
飛來秀場的海鳥卻沒幾隻

海風陣陣吹亂了我的頭髮
回頭才發現圓月亮貼在我背後

難道都這麼瀟灑的淡忘了
想問一下天上甜甜的月亮

發現星星竊笑個不停

悄悄地發了幾通簡訊
你們還有在呼吸嗎
還是如約的駐進觀海亭前的海浪區呢

背袋掏出了那瓶醇高樑
揮灑幾杯香你們
月色淒美
浪聲輕輕
我仍想等待你們醉醉的踉蹌步履
那醉言醉語以及
海風吹不醒的笑笑的醉臉

海風

給YH

夕陽下沙灘上
佇立老地方賞浪花

驀地
海風掀開衣襟
妳的手撫貼我胸膛
細柔的說擋風寒

麥夠癡情啦
刺骨的吼叫

面對一群沒有唇形的東西
忽然回神
沙灘深深印著腳印
影子拖著我回家

尋人

妳有——
在呼吸嗎
星空閃爍如謎
聲聲隱入天際
想念妳喲紫小鴨

一封召集令
要我練成好男兒
深怕雨珠掛滿臉
請人送來一隻紫小鴨
留下幾行感動的祝福

讓我想念一輩子

斷了線的風箏
卡在屋後山坡相思林
那九月的秋風吹得更綠油
偶而閃著迷人的酒窩
像妳

回頭尋找妳的影子
怎麼都沒留下痕跡
烙在我心底
是一雙滴溜溜的眼睛
那是一隻紫小鴨
她的名字叫 Jen Jen
那是妳

在抽煙區裡

每一個人抽煙的姿勢都不一樣
把思緒附在煙縷上
藉著塑造的唇形以舌尖拱托出
圈圈煙縷

當我的煙圈穿過妳的煙縷
妳瞇著眼
不經意的說：我已經被征服了

最陶醉的片刻是思維屬於自己的路
當相互交會的思緒融合

將會浮現更多的煙縷翻飛
踱蝶在禁煙區外的步履
是否瞭解禁煙區內的閒情樂趣？

註：我是禁菸區外的觀賞者

痴情

也許妳很忙
真的很忙嗎

打個電話來
說妳很忙也好呀

縈懷匣

夢醒就
消失了嗎

是不是瞬間如閃電
來不及伸手擦身而過

其實都存檔在
縈懷匣裡點進
腦海隨時映現

今天的深秋

那貓在沙發
縮著身子豎起耳朵
眼眸凝視——
想著曾經翻山越嶺的
媽媽的媽媽——
是用什麼方式來到這裡

針刺

致葉晶雯教授

我背向東
燈光擰熄
且被嵌進的眼眸撚亮
穿透影幕投射發光

我的聲音很遠
霧霾很重
國台語發聲竄進一九四〇年岩層
仍有霧淞
小萱引入留聲機音量
劃破迷惘填滿凹洞

思維起伏
語言隔代踉蹌不爽
唇形下彎
下彎探底
伸向七十五年前的歷史針刺

針刺細縫
手勢一致
唇形下彎
下彎探底
伸向七十五年前的歷史針刺

長廊上

致傅彥凱教授

陽光斜照長廊
我看見光陰匆匆走過
樹影忙擺手
晚風已懶得開口

這長廊我們曾經投緣踱蹀
那重複又重複的來回步覆
倘若深夜氣溫冷卻
記憶的水浮印能否再浮現
而讓我難於忘懷的你

也能浮出併行的腳步嗎

長廊階梯在左側
幾片落葉窸窣閃躲
難道它們也洞悉
我們的腳步沉重而依捨

明天即將別離
揮不落的千言萬語
宛如蚊蚋懸空細語
步下長廊
路燈已亮
幾隻蝙蝠飛掠過夜空

註：長廊位於中華科大

今天的深秋

那貓在沙發
縮著身子豎起耳朵
眼眸凝視——
想著曾經翻山越嶺的
媽媽的媽媽——
是用什麼方式來到這裡

雲朵灰灰要動不動
躲在背後的陽光心情
霧霧淡淡展不出笑容
風停在樹葉張開口

把氣流輕輕地吹出來

庭前葡萄藤牢牢地繫在棚架上
那綠葉早已搭乘
秋的列車旅行去了
中庭噴水池靜靜地
倒映著深秋的天空
那沒有笑容的臉的影子

今天的深秋很沉
很深沉不要說不小心
別碰撞
那路邊笑斜了頭的情侶信箱

冬展

（一）
在藍天飛翔的鴿子都到那兒去了
一群北極熊把天空拉低饑寒尋魚

（二）
想念你舔不到你率性把你冰雕栩栩
冬之後我會到海灘盼你讓你溶我衣襟

（三）
陽光穿透雲紗要亮不亮
粉紅鮮紅紫紅滿山櫻花祼

（四）

枯樹電線杆面牆佇立擺架勢

這寒冬怎麼捕捉不到人影

（五）

唇角彎像下弦月

雨滴墜落枯葉滿地窸窣

（六）

心扉輕輕推開

青鳥叼不走深鎖眉頭

那神秘的海棠花

起落齒形的地震雲
在天際映繪
鬚絲扁柔數丈的地震魚
被撈獲

氣象員緊鎖雙眉敘述報導
人心隨著聲浪飄浮搖盪
那神秘朦朧的霧在那寅晨隱約流動

前天藍天推開烏雲
今晨群鴿翔空萬物蠕動

當撕下的日曆連續擲入廢墟淡了
淡了聲音被懸掛在風鈴上

這美麗的寶島那一年不地震
不地震那雕龍畫鳳的佛堂廟宇
十字的神聖教堂
眾生祈禱回向的宏願冉昇蒼穹

是地震震出了海棠花那神祕的傳說
海棠花迎風綻放美麗寶島

寂寞

聲音塞進行旅箱
說是被櫻花給迷走了
這時候才發現原來呼吸也有頻率
現在寂靜得有點發慌
拿起鏡子照了照
竟然發現笑容也跟著潛逃

睫影

每一片落葉是我擦拭淚水揮落的睫影
當淒風驟雨交會彈出多少惆悵住事
旋滾的風翻反如帆的傘
一束驚悸擦響滿地蕭蕭深秋

佇立巷口盼望
難道紐約的班機又誤點了嗎？
那手机呢是否也在濃濃的煙霧裡薰毀

手錶秒針無奈地重覆圓繞
但是呀時光卻是在無形的恍惚中流逝
而從天際劃過的雨鳥
且深深地割傷了我悲痛的心

縮影

給BG

就是精煉萃取成一滴
隨時觸景讓人懷念

你選擇以優雅的方式
擁抱一朵不蹄的雲彩
那瀰漫不解的氤氳
是解不開的幾何題
凌亂如寒冬星圖
於是選擇一次歲暮旅行

捲入漩渦的愛情
宛如火山傾進乳化機裡
混成濁世的漿液
你卻飲得爛醉如泥
如鷹攫獲我笑容的獸在眉宇間
留下兩條無法理解的蹄痕
我將以最纖細的針
將這記憶繡進傷痛裡

在陽光夕陽大地快步
把詩寫在天空大地
隨時浮現隨時隱去

化粧品組曲

美的舵手

捻植物在瓊漿中淬煉微笑

黑芝麻與黑豆的密集約會

小紅豆在鼻頭傻笑

化粧品組曲（一）

美的舵手捻植物在瓊漿中淬煉微笑

是那個共同的
對人類美的特殊的
那個生化學家
投入研發
從那個植物瓊漿精煉
用那個最精湛的組合
提供那個對肌膚明顯
的滋養亮麗動人
使那個年齡增長的肌膚保持青春亮麗
彷彿天空的雲朵隨著

那個氣候季節因素的變化
使那個臉上不同膚質的皮膚
適當的使用不同的化粧品
使那個皮膚細緻光澤青春

化粧品組曲（二）

科技提升制度嚴謹的生產
是那個 G.M.P.化妝品優良製造規範
在工業局委託生醫中心組織
專家學者組成的查核小組的嚴格查核下
我們工廠全體員工通過了嚴格的審核
是那個我們共同的信念
我們提供優質的化粧品
造福廣大的消費者
這是那個信念責任負責的態度

化粧品組曲（三）

在理想中向美的漩渦融合
是這個美
我們很樂意以科學研究與消費者分享
使那個化妝品能帶給我們的消費者
在皮膚上完全改觀光澤細嫩動人
是這個信念
燦爛的牡丹花在各地場所自信綻放

化粧品組曲（四）

膚質基礎概念分享

是那個懂得又是那個愛對皮膚的熱戀的呵護
珍貴的卸粧對肌膚的關懷
是那個肌膚的油性乾性過敏性
因應這個大自然環境的影響
我們研發出那個綜合性卸粧乳
是那個來自天然植物精華萃取隨時
在妳的肌膚上最適當的安全的美的奉獻
微笑最美的洗臉心情
是那個重要心情的託付
那個不要忘記的

五點的洗臉乳
的重要拓開術
像那個呵護小貝比
心情輕輕的拓開
適度的關懷按摩
之後的洗淨再洗淨
妳的淨美的臉蛋
將在鏡內向你會心微笑
是一種感恩的
從眼眸裡散發虔誠的表情

化粧品組曲（五）

使肌膚晶瑩細緻的角質霜

是那個塵垢棲滿臉龐
憩息翻進毛囊與
那個皮膚的角化作用
皮膚二十八天自動更新
的那個晶瑩細緻輕輕柔軟角質霜
的深層護理
那個使肌膚淨白細嫩
浮現的容光煥發
是那個何等媚力的
那個搶人眼眸
多瞇一眼的期盼

化粧品組曲（六）

拒絕刺激性的化粧水

是那個不含刺激性的優質化粧水
是一級棒的保養品
是絕對那個可以提供洗臉外的清潔
優質化粧水是
不會阻塞毛孔的
更不會那個有越軌的清潔
那個毛孔的功能
使皮膚更柔軟光澤
更加一等可以
那個去除殘留在皮膚上
那個化粧品的油脂和汙垢

化粧品組曲（七）

黑芝麻與黑豆的密集約會

那個可以減少皮膚刺激提供那個抗氧化的作用
以及保濕的受人喜愛
一次豔陽旅行之後
滿臉進駐黑豆及芝麻的影子
其實來自表皮基底層
製造的黑色素細胞
的蠕動對
那個紫外線的阻擋
像母雞一樣展開翅膀保護
那個小雞

吸收那個紫外線
在那個基底層又在製造新的黑色素
在那個七到十四天之後
上層的黑色素就會隨角質層脫落
可是呀
在那個皮膚機能失控
那個黑色素會沉積過多
使那個新陳代謝
遲緩臉上就
浮上黑斑雀斑以及那個皮膚黝黑
在那個宴會燈光下密集約會

而那個黑斑雀斑
說那個的霜說那個可以根除黑斑
達到去斑美白亮麗的黑斑的霜
那是搶錢騙人的不實廣告

169 化妝品組曲(七)

是那個撈錢之後不負責任的騙局
聰明的消費者請切記切記

化妝品僅能
使黑斑淡化再加上
隔離霜以及
那亮麗淡斑液是
最忠實的建議
是那個斑很傷皮膚的美
到今天為止
全世界的生技專家
對那個浮駐皮膚的黑斑
仍然無法應用化粧品清除
擦後完成恢復淨白肌膚的謊言
那個只能淡化浮出皮膚的黑斑
而且那個淡斑的

特殊的熊果素麴酸
在那個肌膚改善淡化
以及那個隔離霜的掩飾淡化
使那個改觀成朦朧的嫩白

化粧品組曲（八）

小紅豆在鼻頭傻笑

是那紅豆偶而
牽著染粧後的紅芝麻
在那個不定時的冒出來
在不可預期的部位
昨天在額頭
今天在鼻翼
我想明天可能
就在嘴唇周圍進駐
是那個破壞了我
的最優越稱心

的部位

其實是那個皮脂腺的
那個皮脂腺
的合成的脂肪
在那個逐漸變多變大之後
在那個破裂之後
由那個皮脂腺管排出
在那個分布不均勻的
那個鼻子嘴巴周圍
還有在那個臉頰頸部
前胸——很多的那個地方
在那個臉是油膩膩
面皰粉刺毛孔變大
產生膿皰

還有那個細菌粉刺桿菌

173 化妝品組曲(八)

大量繁殖生產膿包
是那個使人煩惱的事
且敲響了研發部的緊急鈴
於是龍腦洋甘菊等萃取
完成痘膚霜粉刺水面膜貼
拉近往昔的那個
信心與笑容

化粧品組曲（九）

瞬間撫平的皺紋
是那個發光的研發部
宣佈研發突出的皺紋淬煉液
寄給專業美容老師
加添了三十五歲以上的女性男性
來試用

就在那個一口同聲的回響
百分百的按讚
這是一個創新值得喝采的訊息
在那個抬頭紋眼周細紋

175 化妝品組曲(九)

以及那個鼻樑兩旁的法令紋
頸部的橫紋
是那個取少許在紋路上輕輕按摩
四十五秒鐘後再停留三分鐘，立即顯現
那個皺紋的線條
淡化了八成以上皮膚光澤亮麗

而在那個早晚洗臉後
第一個使用這個除皺液
在臉上配合妝扮
是那個可以看到妳的臉
找回青春亮麗的自己

化粧品組曲（十）

三點旋轉豐乳穴位保養術

是那個 Model 趕赴一場服裝秀
走進那個 T 型的超級舞台
展示夏季的那個新款的衣裳

是那個直線交替的快步
瞬間旋轉的那個腰身
在那個有意無意的
把那個豐滿的乳房彈跳
斜擺了眾人的頭
是那個靜聲之後的回神掌聲

177 化妝品組曲(十)

特別熱情而脆響

說那個豐滿的乳房
是那個乳根穴使乳腺發達
堅挺的原因
否則將是——下垂

而那個天谿穴是使胸肌結實
富有彈性的原因
否則將是——鬆弛
膺窗穴是那個擴張
致使豐滿
否則乳房將漸萎縮
為了那個需要彌補負面的缺點
研發室特別那個精心研發
那個豐乳霜和那個

挺拔的彈力霜

以及那個配合按摩使用的
那個三點穴位
按摩的豐乳流程
也因此被聘任韓國首爾
仁川等地區演講發表會之旅

是一個被肯定的美胸產品和
那個技術受肯定的方法
無私奉獻便是那個信心十足
的那個豐胸帶給女性的滿足
和那個充滿自信的那個驕傲

化粧品組曲（十一）

瘦身減肥一·二·三

恰恰恰跳出唐朝的
那個仕女圖繪
恰恰恰跳進現代的
那個窕窈美麗的苗條身材

真正的健康的減肥
是那個有規畫的運動
加上那個飲食的控制
以及最重要的那個妳的恆心
帶給妳百分百的微笑燦容

在那個短期間想要完成減肥尺碼
最適當的是配合縮麗減肥萃取液
以及那個排汗的燃脂液
是極大的協助瘦身
附帶的那蒸氣箱或是
那個烤箱排汗的作用
是那個做一個輔助的減肥
的重要角色

而那個之後的重要
是同時配合穴道指壓的加強
是那個三點十八路的穴位推脂
才是真正的推脂排汗
完成減肥的極大指數

181 化妝品組曲(十一)

冬天服飾也許可以掩飾
妳的一些多餘的
那個豐腴身材
那麼春的腳步
在百花爭艷中匆匆而過
衝浪以及那個旅遊的艷陽季
也許是妳煥然一新
的那個吸睛的身材
在沙灘上衝浪的輕巧身影
在宴會中妳的三圍畢現

至誠奉上的口訣
恰恰恰跳出唐朝的
那個仕女圖繪
恰恰恰跳進現代的
那個窕窈美麗的苗條身材

化粧品組曲（十二）

紅螞蟻爬上了臉癢癢癢

敏感性肌膚保養
尤其在那個寒冬
冷風搜刮了肌膚的水分
像那個紅螞蟻纖細的腳
爬在臉上這邊也癢那邊也癢

瞬間指甲抓傷了臉
驚呼的那個聲音曲扭了
斜歪的那個唇形
過敏紅腫的肌膚最喜歡

183 化妝品組曲(十二)

炒熱這個冬季的舞台

牡丹花的產品的建議
容易過敏的肌膚
尤其那個極度乾燥脆弱的肌膚
在白天洗淨臉後
輕輕撫擦麗敏精華露
使那個震驚肌膚防止
那個紅腫現象
在流程加上麗敏滋膚霜
迅速止癢使那個肌膚
吸收安撫平息
改良活化皮膚細胞恢復正常
在那個晚上洗淨了臉
仍然要配合安撫妳癢癢的肌膚
不要讓肌膚以及那個臉龐

再度的受傷

在那個正常的護膚下
盡量向類固醇乳膏藥膏說不
美容保養請隨時注意
珍惜妳美麗的顏容
否則請向專業醫師問好